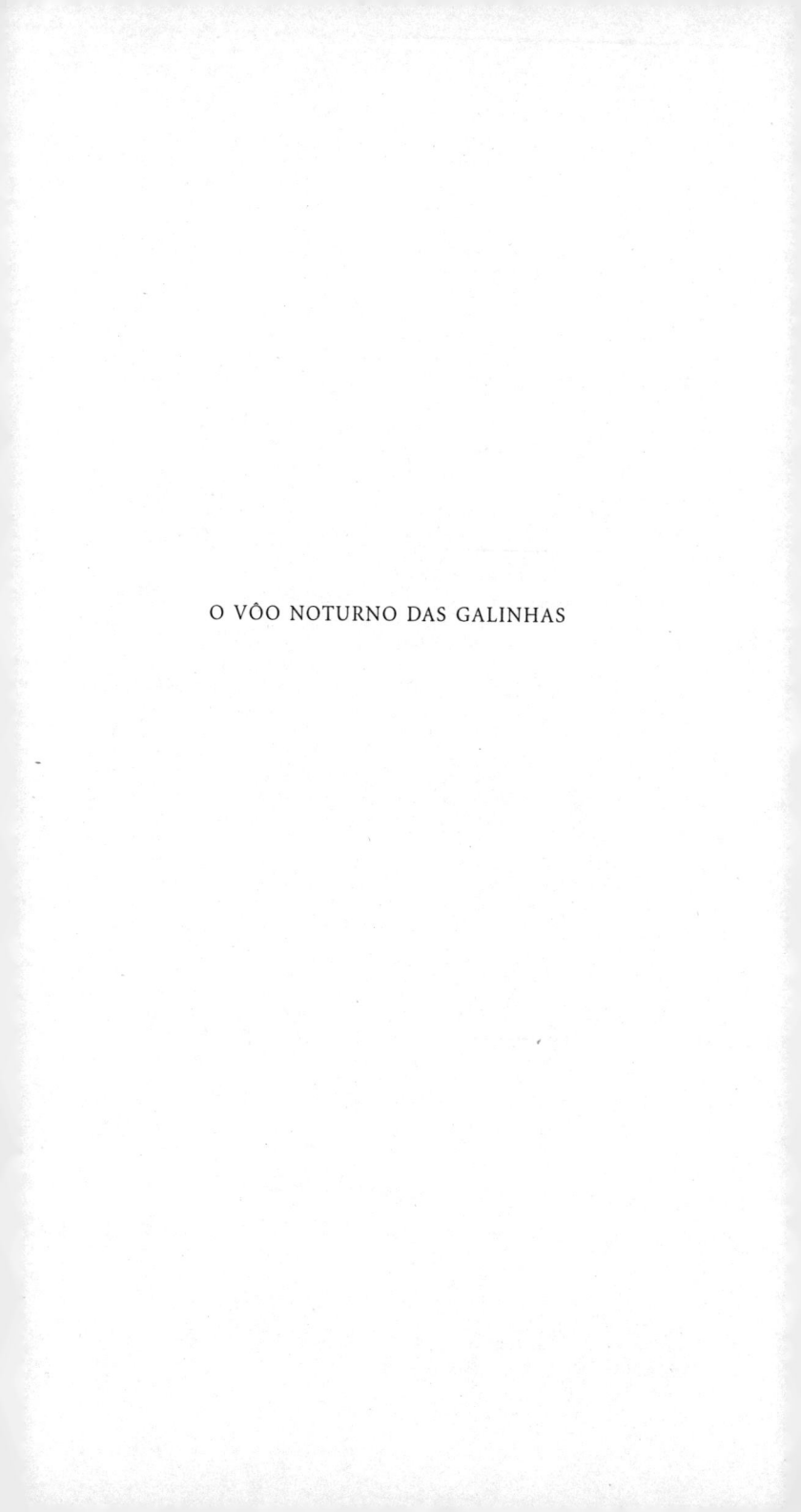

O VÔO NOTURNO DAS GALINHAS

Leila Guenther

O Vôo Noturno das Galinhas

Ateliê Editorial

Copyright © 2006 Leila Guenther

Direitos reservados e protegidos pela Lei 9.610
de 19 de fevereiro de 1998.
É proibida a reprodução total ou parcial
sem autorização, por escrito, da editora.

Dados Internacionais de Catalogação na Publicação (CIP)
(Câmara Brasileira do Livro, SP, Brasil)

Guenther, Leila
O vôo noturno das galinhas / Leila Guenther. –
Cotia, SP: Ateliê Editorial, 2006.

ISBN 85-7480-323-5

1. Ficção brasileira I. Título.

06-6288   CDD-869.93

Índices para catálogo sistemático:
1. Ficção: Literatura brasileira   869.93

Direitos reservados à
ATELIÊ EDITORIAL
Estrada da Aldeia de Carapicuíba, 897
06709-300 – Granja Viana – Cotia – SP
Telefax: (11) 4612-9666
www.atelie.com.br
atelieeditorial@terra.com.br

Printed in Brazil 2006
Foi feito depósito legal

Para Paulo

Sumário

À Noite 11
A Fera 13
O Vôo Noturno das Galinhas 17
A Novidade 21
Outro 23
Depois do Fim 25
Morfina 27
Aquário 31
Passagem 33
Esfinge 35
O Poço 37
Vinte Anos Depois 39
Cura de um Cego 43
One Night Stand 45
No Caminho do Cisne 47
Golias 51

Jogo 53
Je ne Regrette Rien 57
Ana Cristina Cesar 59
Perdido o Lenho 61
Os Vivos 63
O Outro Mundo de Clarissa 65
O Condestável 69
Esquecida 71
Nevasca 75
À Procura de Poe 77
De como se Achou Perdida uma Mulher 79
Começo 83
Retorno 85
Às Escuras 89
Santa Ceia 93
Avalanche 95
Aos Pés da Cruz 99
Epílogo 101

À Noite

Acordou de madrugada, não espantada, mas esquiva. Algo a acordara, algo a tocara na escuridão e ela temeu. Ao seu lado, o marido continuava a dormir um sono tranqüilo, o rosto afogado no travesseiro, muito distante dela. Pôde confirmar isso quando teve que estender quase por completo o braço para tocá-lo, levemente. Ele não se mexeu, seu sono era profundo, contrário ao dela. Aprumou-se, lamentando ter dormido com os dois olhos fechados, periclitante, à mercê daquilo que a tocara. Em vão procurou reconciliar-se com o descanso, ela não descansava, ela tinha de ser infalível. Mas dessa vez falhara, um instante de descuido apenas e o irremediável acontece. Os olhos abertos no escuro, tão treinados que enxergavam nas trevas, quase como os de um cego, que enxergam tudo sem ver (os cegos estavam a salvo). Então se levantou – nem precisava calcular a dimensão do espaço por onde se movimentaria, tão certo era o conhecimento do lugar que a cercava – e pôs-se a adejar pela casa, silenciosa, a procurar os vestígios de sua inquietude. Foi até a porta da sala, a única porta da casa que dava para o mundo, e certificou-se, roçando a maçaneta, de que estava bem fechada. Entrou nos demais cômodos para verificar as janelas. Fechadas. Vacilante, a um passo do desequilíbrio, percebeu que, nessa noite, seus dentes, que rangiam e se cerravam, e que fechavam costumeiramente as portas de seu corpo, traíram-na. Não podia sequer confiar mais na própria guarda, nas paredes, nas portas e janelas, na boca que se entreabria, nem nos olhos que se fechavam por completo, à sua revelia. Resignada, voltou para o seu quarto pelo caminho tornado negro pela noite. Quando entrou no lugar de onde tinha saído, notou que dele brotava um bafo quente, vivo. Deitou-se na cama, tentando dormir, de olhos fixos no escuro cálido.

A Fera

Ninguém o viu desde que chegou aqui. Seria perigoso se a vizinhança soubesse de sua existência. Não sei do que seriam capazes caso isso acontecesse. Acho que não despertei nenhuma suspeita, pois meu ritmo de vida, desde sua chegada, pouco se alterou. Não sei o que pensam de mim, mas suponho que me têm como um homem austero e isolado, ou talvez até louco, pouco dado às demonstrações de sociabilidade. Enfim, tudo continua da mesma forma: cuido da horta que me provê, nos fundos da casa, que é tudo quanto basta em termos de alimentação, e, vez em quando, de madrugada, desço até a cidade, quando já não há mais ninguém nas ruas. Minhas aparições públicas se resumem a isso, apenas. Quando eu morrer, creio que só o descobrirão muito tarde, pelo cheiro. Até lá, porém, espero que venham buscá-lo. Não que me incomode, apenas me dá o mesmo trabalho que um animalzinho de estimação daria. Digo *daria* porque eu mesmo nunca tive um: os mais próximos e dependentes de mim são as verduras de minha horta. Para uma pessoa como eu, compromissada consigo mesma e com mais ninguém, isso não significa muito. Havia vezes, no começo, em que ele acordava durante a noite, fazendo um ruído semelhante ao dos gatos no cio em cima dos telhados... Seria impossível descobrir por quê. Dor? Não parecia haver nada de errado, nenhuma lesão, nenhum machucado. Fome? Ora, eu lhe dava sua última refeição à mesma hora em que eu jantava, portanto, se eu podia passar algumas horas da noite sem comer, ele também podia. Como eu não lhe acorria, em pouco tempo o pequeno largou o hábito, cessando o barulho, e ele dormia uma noite inteira sem acordar. De qualquer forma, posso dizer que nunca me tirou o sono, com exceção, é claro, da noite em que chegou aqui. Era bem tarde quando ouvi aquele ruído de gatos no cio. Um ruído abafado. "Logo irão embora", pensei, mas o barulho, em vez de desaparecer, continuou, intermitente. Não sabia se era alto ou se o silêncio da madrugada é que o tornava mais nítido. Vinha dos fundos. Como pudessem destruir as verduras da horta, levantei-me com a intenção de afugentá-los. Surpreendi-me ao deparar com uma caixa de papelão, dessas em que se transportam animais, com pequenos furos para a ventilação. Tomei-me de pânico: receava abrir o embrulho dentro de casa, por desconhecer o que poderia se espalhar de dentro dele, mas também não queria chamar a atenção de quem quer que fosse ao fazer a verificação lá fora, a céu aberto. Resolvi abri-lo na sala. Fiquei aturdido: dentro da caixa estava um pequeno ser que não ousei identificar. Possuía olhos, nariz, orelhas, boca, patas, mas não se parecia com nada de que eu me lembrasse. Por isso era preciso mantê-lo recluso: acho que, assim como eu, ninguém entenderia tal coisa. A constatação de sua existência poderia transtornar uma humanidade inteira. Quando me viu, deixou de emitir aquele ruído incômodo. Ficamos assim, no centro da sala, ele ainda dentro da caixa, fitando-nos um ao outro, por um longo tempo. Fui aos poucos voltando daquele estado de perplexidade. Tomei-o em meus braços, aqueci-lhe o corpo, alimentei-o, limpei-o. Ele não parecia precisar de mais nada além disso. O fato é que, se necessitasse de mais alguma coisa, não teria, porque eu não seria capaz de lhe dar. Afinal, não fui eu quem o trouxe para cá. Eu não traria nada para junto de mim: nada mais me chega até aqui; não recebo jornais, há muito desisti dos noticiários. Acaso o mundo seria diferente pelo simples fato de eu tomar conhecimento dele? Duvido. Tampouco a ficção me interessa. Há algumas pessoas que chegam a esta triste conclusão: a realidade e a fantasia são absolutamente inúteis; a primeira, por ser tangível e imutável, a segunda, exatamente pelo contrário, não importa o quão paradoxal seja algo que possa ser tocado, mas não alterado, ou vice-versa. Para resumir: as misérias se alteraram significativamente no cômputo geral desde, digamos, a Idade Média? Nos livros, talvez, o que prova todo o meu argumento... Ou seja, tendo me afastado de ambas, realidade e fantasia, e, levando-se em conta que tudo o que não é uma coisa é outra, pode-se dizer que eu talvez não vivesse mesmo. Daí essa minha incompetência para, como Deus, dar vida a Adão. Portanto, dei-lhe apenas o que de forma alguma exigisse de mim mais do que eu próprio. Mas, ainda que, como já disse, minha vida continuasse igual, não posso dizer que fosse alheio à sua existência: era um ser vivo e, talvez porque tivesse me mantido afastado dos vivos por tanto tempo, devo confessar que ele me despertava certa curiosidade. Pegava-me observando-o, distraidamente, e notava as transformações que o passar do tempo lhe imprimia: pêlos que cresciam no alto da cabeça, dentes que surgiam, movimentos ainda incertos sobre as quatro patas e, creio até ter visto, um dia, uma espécie de sorriso esboçado em seus lábios... Dado o seu temperamento que pouco demandava, provavelmente adquirido graças à minha incapacidade de renúncia, acostumei-me a ele, embora não fosse sentir sua falta caso ele partisse, pelo próprio caráter de nossa convivência. E sua partida decerto ocorreria algum dia, provavelmente da mesma forma misteriosa que fora sua chegada. A criatura que o fez poderia voltar aqui, para reclamá-lo. Até lá, as coisas continuarão assim, afinal, ele não deixava de ser minha criação também.

O Vôo Noturno das Galinhas

Passo bastante tempo examinando meus seios e como eles inflam quando inspiro. Desenvolveram-se quando eu já não cresceria mais. Não há semente alguma no meu ventre para eles terem tomado essa forma quando já é tarde. É tarde e é bom que seja, penso. Assim, no tempo da minha cabeça, dividido entre peitos e pequenas coisas do cotidiano, apresso a volta de Lúcio. Faz uma semana que ele partiu. Minha espera, porém, vem de data mais longa: parece que eu cheguei cedo e que o corpo só veio depois, atrasado, quando Lúcio me disse, da primeira vez que me despiu, que eu não precisava mais de um sutiã com enchimento. Portanto, lembrar-me dos seios é lembrar-me de Lúcio. Não que eu precise fazer grande esforço. O telefone toca várias vezes ao dia à sua procura e eu anoto os recados. Também chegam correspondências, vindas de toda a parte, que eu empilho sobre sua mesa de trabalho, juntamente com os jornais. Vai me achar louca, quando voltar, por eu ter guardado todos os jornais. Além disso, tenho com freqüência ligado a moto. Não sei se ela é como carro, mas, por via das dúvidas, tenho feito isso para a bateria não acabar por falta de uso. Não vejo a hora de ele me levar na garupa pelas estradas próximas de que gosto tanto. São estreitas e sinuosas e de ambos os lados há bambuzais que no alto se curvam, formando uma espécie de cobertura contra o calor. Tudo é tão perfeito nessas horas, a velocidade, o frescor, eu agarrada a ele como uma mochila, nós dois em silêncio, que me faz desejar um acidente para que a gente morra de imediato, e nada venha depois para destruir essa paz. Porque tudo que se quer é isso, não é? Paz, a mesma que senti quando Lúcio me mostrou, no parque, as galinhas-d'angola. Julgava que elas só existissem em papel machê. Que surpresa foi descobrir que havia na natureza aves tão engraçadas, cheias de pintinhas brancas no grande corpo preto... Ao anoitecer, elas voam para o alto das árvores e lá dormem, absolutamente seguras. Quem de baixo as vê, na penumbra, poderia confundi-las com jacas. E eu que nem sabia que galinhas voavam. Por falar em galinhas, tenho também cozinhado. Faço pequenas porções de comidas que guardo no freezer para que Lúcio tenha algumas opções se voltar com fome. Eu não as como: não vejo graça em fazer uma refeição quando se está só. Ontem, quando ele me telefonou, falei justamente disso: que, um dia desses, quando fui jantar no restaurante perto de nossa casa, eu não tinha para onde olhar, enquanto esperava a comida. Não voltei mais lá, desde então. Esqueci-lhe de contar que a samambaia, agora devidamente regada, cresceu tanto que suas folhas saem pela janela da cozinha. Lembro-me sempre de lhe dar água. Depois do telefonema, voltei a examinar meus seios. Não diminuíram de tamanho. Aproveitei então para fazer as barras de suas calças e pregar os botões de camisa que estavam faltando. Mas havia tanto tempo que arranquei todos os botões das camisas que ficaram e pus-me a pregá-los de novo.

A Novidade

Não foi sem assombro que me dei conta de sua presença. Se eles apareceram de repente, de uma vez, não sei, mas suponho que sim, que eu mesma, de alguma forma, provocara sua aparição e, embora me entregasse ao ritual da contemplação quase todos os dias, demorei para notá-los – era cedo para que estivessem ali. Mesmo ainda sendo poucos, por causa de seu brilho grisalho e irritante começavam a aparecer mais que os outros, conferindo-me um ar de senilidade que eu não quero, não ainda.

À noite, quando a casa dormia, eu ia para o banheiro, sofreando-me diante daquele imenso jogo de espelhos que destoava dentro do cubículo. Era mesmo uma corrida que se interrompia bruscamente diante do altar erigido para que os desocupados pudessem ver o seu deus: feiúras do corpo e da alma cujo conserto eu adiava para o futuro, achando que haveria tempo, até que esses fios brancos surgiram, oráculos verdugos, como para me lembrar: veio o futuro.

E o ritual, dos dez minutos habituais, passou a trinta diários. Munida de uma pinça, eu caçava todos eles, numa busca incessante e minuciosa floresta adentro, percorrendo, inclusive, a parte posterior da cabeça. E aí sossegava, com o dever cumprido.

No entanto, passavam-se algumas semanas e eles estavam lá novamente, essa parte velha de mim mesma, a me provocar com o mistério de sua aparição, duplicada, triplicada. Talvez de madrugada, no silêncio da noite, eles operassem, pacientes, a sua ressurreição, como a afrontar, com a sua existência, a minha.

Quando enfim me dei conta de que meus esforços eram inúteis, deixei de lado a pinça, e essa coisa nova, atestando o velho, pôde vivificar e florescer sem interrupções, e, agora, eu os contemplo, com uma espécie de indiferença curiosa, todos os dias, divisando precisamente sua localização no mapa de minha cabeça, atenta para os novos que nascem, sempre.

Outro

Devia ter trocado os sapatos por um par que não conhecesse: o som dos passos estava diferente quando voltou e atravessou a porta. Era um ruído seco e curto que estalava na madeira do assoalho. Ele caminhou em sua direção, beijou-a sem enlaçá-la, deixando à mostra apenas parte do rosto nublado. Ela tinha bebido um pouco de vinho na sua ausência, mas não era o suficiente para que sua percepção se tornasse aguda a ponto de discernir a gravidade dos sons, uma pequena alteração no sabor de um beijo ou um olhar que se sustentava a custo. Portanto, a mudança devia ser nítida o bastante para qualquer um, em qualquer estado, pensou. Logo estaria mais sensível às mínimas alterações: enquanto ele se enfiava no escritório, sob algum pretexto pouco convincente para uma noite de domingo, ela pacientemente limpava a erva, separando as sementes e os galhos do que de fato interessava, distribuía-a pelo papel fino, enrolando-o, depois, entre os dedos, com zelo, como se, repetindo uma espécie de ritual, pudesse se tornar parte de alguma coisa que lhe garantisse uma identidade, uma crença, um lugar no mundo. Deu umas baforadas, observou o rolo de fumaça se evolar pela janela e foi se deitar. Ele veio em seguida, chegando furtivamente ao pé da cama e, num minuto, com brusquidão, estava dentro dela, machucando suas entranhas com raiva, falando coisas com uma voz que ela nunca ouvira, olhando-a como se a visse pela primeira vez. Foi rápido. Depois, contra seus hábitos, deu-lhe as costas e voltou ao escritório. Ela ficou deitada, de bruços, só, imaginando quem o haveria possuído e tomado o lugar dele, quando esteve fora.

Depois do Fim

Já conhecia bem a sua parte – seu quarto. Nele, deitava-se agora na cama, pois, após experimentar todo o chão e demais reentrâncias, achou que a cama (sob a qual permaneciam imóveis os livros com manchas amarelecidas não porque velhos, mas porque mofavam tão logo entravam naquele cômodo ou em qualquer outro daquela casa) era o melhor que lhe caía. Bastava perambular com os olhos para entender que atrás da cômoda se apinhavam teias de aranhas poeirentas porque nunca limpavam ali, e tampouco eram retirados do lugar os objetos que repousavam sobre ela: os porta-retratos, dispostos estranhamente, cujas fotografias antigas se escondiam umas atrás das outras, a caixa de prata já preta que não continha jóias, mas pedaços de bijuterias estragadas, papeizinhos e um rosário em desuso. A caixinha escurecia, como tudo que de prata fosse em seu corpo.

Sobre a bicicleta ergométrica sedentária, ao canto, amontoavam-se as roupas limpas, mas nunca passadas a ferro, que ninguém passava roupa naquela casa. Não as guardava no armário, que seria inútil ter de tirá-las de dentro dele para que fossem novamente usadas. Ao lado do guarda-roupa se formava um vão onde cabia o velho violão sem cordas e, se mexesse ali, aí sim veria com nitidez a poeira alçando vôo para se depositar no umbral da janela, fazendo-a, ao longo do tempo, emperrar como sempre. Através de seu vidro era possível ver as manchas gordurosas dos dedos antes limpos como o resto do corpo que agora jazia sobre a cama. Todas essas coisas entulhadas davam-lhe a impressão de que, embora o movimento fosse ínfimo, seria certamente acompanhado de uma pausa. E devia haver um momento em que tudo pára. Tinha certeza disso quando observava a inércia que se apossava de seus membros, um a um. Sequer erguia as mãos para algum gesto de desalento, o corpo não se mexia, exceto os olhos. Breve eles também cessariam o movimento inútil de vagar por esse lugar já tão conhecido, até a hora em que resolvessem tornar a se abrir.

Morfina

Minha mais nova dificuldade consiste em não distinguir o que sonhei do que realmente aconteceu. Vêm-me à cabeça lembranças que, depois, descubro, não passaram de sonhos. Já tive de me olhar no espelho para checar se meus cabelos tinham sido de fato tingidos de loiro platinado.

Na festa de fim de ano, fui à casa de minha tia, onde a família toda se reuniria. Havia uma árvore de Natal enorme, mas já sem presentes ao pé, e uma mesa cheia de comida, cujas sobras fariam o almoço do dia seguinte; guardanapos, louças e talheres simples, dispostos cuidadosamente, contrastavam com a desordem do resto: na geladeira, sobre a qual repousava um porta-ovos de vime no formato de galinha, pregavam-se com ímãs coloridos inúmeros recados e mensagens, entre as quais uma em que se lia: *Se Deus é por nós, quem será contra nós?* Na cristaleira, guardavam-se louças que nunca eram usadas e que dividiam o lugar com uma coleção de miudezas: corujas de vidro, bonequinhos feitos de conchas do mar, pequenas caixas de porcelana pintada. Olhei para as coisas como se as visse pela primeira vez. Atulhadas de tal forma, sem caber no meu campo de visão, expulsavam-se para longe, para o terraço. Lá fora, observei, num edifício em frente, próximo, sentado sobre um parapeito, com as pernas para dentro da sacada, mas com o rosto voltado para fora, um homem que olhava para o nada, e, no mesmo quarteirão onde eu estava, num prédio quase na esquina, outro homem que não me via apontava uma arma na direção daquele que estava absorto. Franzi os olhos para melhor identificá-los: tinham todos o meu rosto, mas nunca vim a saber quem eram, de fato.

Outro dia estava na Segunda Guerra, no meio da rua. Havia uma fila de dez civis e dois homens armados, de farda. Um deles dizia: "seis" e o outro contava: eu era o sexto e tinha exatamente a mesma cara de meu avô. Mas um outro homem, já idoso, se dispunha a morrer em meu lugar. Talvez soubesse que eu tinha filhos, esposa grávida, coisas pelas quais minha responsabilidade aumentava. O que parecia ser o subalterno olhou para o outro, esperando uma confirmação. Que veio com um aceno de cabeça. O *mártir* morreu em meu lugar. Não há dúvida de que se trata de um sonho. Mas, comentando tal coisa com meu pai, descubro que meu avô escapou da guerra assim. Onde a realidade, então? Penso que, se o superior tivesse dito *quatro* em vez de *seis*, talvez eu não sonhasse, talvez outro sonhasse em meu lugar, se lhe houvessem poupado a vida. E quem era esse homem de quem não sei o rosto, o nome, a origem? Ele acaso medira a conseqüência de seu ato? E por que meu avô aceitara isso? Não pensou nos seus, nesse legado funesto que nos deixava, o de saber que não deveríamos sequer existir. E eu nem podia amaldiçoar esse homem que me causava tal tormento, que ele já estava morto.

É verdade que fiquei doente e que desde então tudo está estranho. Na noite daquela crise, quando meu corpo caminhava em direção à janela, vi uma paisagem nova. A cidade continuava a mesma: as chaminés das fábricas, o emaranhado de casas, a ponte, o rio. Mas as estrelas estavam mudadas. Eram bolas de fogo amarelas com auréolas brancas que voavam perigosamente num movimento de mar impressionista, rasgando as ruas e tocando os telhados. A luz que emitiam era tão forte que me cegou. Meu pai veio até a mim, ordenou-me que fechasse os olhos, enquanto me fazia repetir a célebre frase de Blake: "O caminho do excesso leva ao palácio da sabedoria, o caminho do excesso leva ao palácio da sabedoria, o caminho do excesso leva ao palácio da sabedoria...". Quando descerrei as pálpebras, já havia recobrado a visão. E, ao olhar novamente pela janela, o céu estava nublado e as estrelas temerárias haviam se convertido nas luzes da cidade com seu brilho menor.

Mais difícil, no entanto, foi tentar fugir da ilha deserta. Procurei incessantemente uma forma de sair dali.

Toda aquela solidão do lugar me punha doido. Não possuía ferramentas para construir um transporte que me levasse embora, exceto minhas mãos, que nada criavam, mãos estéreis, que não preparavam o alimento, nem teciam os fios, nem se juntavam num gesto de prece. Mas acabei por encontrar durante uma de minhas caminhadas inúteis um par de asas, deixadas ali por meu pai (sinal de que houvera um outro alguém antes), junto a um bilhete com as suas palavras da razão. Aprendi a voar. Meu corpo se deitava sobre o ar na velocidade que bem entendesse e chegava bem próximo do topo das montanhas e penhascos que circundavam o lugar. Do alto vi as cachoeiras, as fontes, os vales e as flores desconhecidas. Os odores não se assemelhavam a nenhum outro; do alto eu distinguia as cores que antes me eram inexistentes e elas resplandeciam diante de meus olhos, bem como a vastidão sem fim daquele mundo novo que se erguia. Poderia ir para qualquer lugar, mas não havia mais sentido em partir de minha própria casa.

Relendo o que acabo de escrever, constato a insistente figura de meu pai, de uma forma ou de outra. Não sei o que ele faz aqui. Ele existe, mesmo? Observo meus cabelos no espelho quebrado do quarto: eles continuam pretos, mas minhas asas postiças bem podem estar sob a cama.

Aquário

— Não é com esse garfo – atalhou ele, como se lhe fosse trazer vergonha se ela comesse a salada com o talher do peixe. O peixe. Hoje várias vezes ela se vira como um, dentro de um pequeno aquário, e, quando a situação ficava pior, para não chorar imaginava-se livre, nadando num rio sem vidros, para longe, para sempre. Como é que o peixe do aquário fazia para ser peixe? E se estivesse cansado de nadar em círculos para agradar aos espectadores? Poderia simplesmente entrar no tubo de ar ou esconder-se entre as pedrinhas? Se o fizesse, bateriam no vidro, assustando-o para que nadasse novamente. Estava tomando banho pela manhã quando ele bateu na porta do box, estranhando o tempo que ela demorava lá, a água escorrendo sobre a cabeça imóvel. E sempre que ele notava alguma transformação no comportamento dela, uma melancolia, uma distração, ele também se transformava. Receoso de que tivesse de conviver com aquele lado escuro dela que vez ou outra assomava, que ele não compreendia e, por isso mesmo, poderia submergi-lo no caos, tornava-se agressivo e tinha vontade de insultá-la. Então ela não era feliz? Ele não lhe dera tudo, inclusive sua própria vida para que ela fizesse o que bem entendesse? Por que retribuía dessa maneira? Esperou que saíssem de casa para o almoço combinado com os amigos para cobri-la com queixas que ele sabia não possuírem nenhuma importância: a louça por lavar, o fogão sujo, o lixo transbordando e ela ali, sem conseguir sequer pôr ordem em si mesma. Quando ela começou a chorar, ameaçando ir embora, o horror dele aumentou. Se ela iniciasse um escândalo, iria mesmo embora e nunca mais colocaria os pés naquela cidade nem na vida dele. Depois, no restaurante, para desanuviar a tensão escondida, ele tentou tocar suas mãos, como se pedisse uma trégua. Ela não esboçou reação. Suas mãos estavam frias, inertes, e ela era incapaz de lhe dirigir o olhar. Era como se não estivesse ali, como se ele nunca tivesse existido. Só percebeu sua presença quando ele chamou a atenção para os talheres. Mas, antes que olhasse para ele, trocou de garfo e o enfiou na posta morta à sua frente.

Passagem

Ajuntou suas coisas como se recolhesse as folhas caídas de uma árvore no outono. Espalhados pela pia do banheiro estavam a escova de dentes de viagem, o desodorante, o batom da véspera, a caixa com as lentes, o perfume que terminava. Jogou tudo dentro da frasqueira e foi procurar o restante no guarda-roupa. Apanhou a lingerie e a camisola no fundo da gaveta, o par de sandálias baixas cujo pé esquerdo estava com a sola para cima ao lado da cama, os livros sobre o criado-mudo, o vestido de alças e o jeans sobre a poltrona a um canto e, sem cuidar sequer que não amassassem e não se misturassem como objetos de natureza diferente que eram, papéis e tecidos, enfiou-os dentro da bolsa grande. Não eram muitos, o suficiente para dois dias, mas pesariam quando atravessasse a porta. Estava reticente, adiando a partida, lançando um olhar por sobre a mesa, como se fingisse procurar algo em meio aos pertences dele. Qualquer pequena coisa que fizesse sentido.

– Pegou tudo?

— Acho que sim.

— Era pouco mesmo, né?

— Não...

— Não?

— Acho que era *muito* para tão pouco.

— Podia deixar aí, que depois eu levava.

— Posso precisar...

— Mas é por um tempo curto...

— Nunca se sabe...

— Tem razão.

— Acho que não falta nada.

— É... Você sempre se lembra de tudo...

— Então estou indo.

— Quer que te leve?

— Não precisa.

— Mas não está pesado?

— Posso carregar sozinha.

Pôs a bolsa nos ombros e sentiu-a curvar suas costas. Moveu-se, com passos lentos, esperando ainda que ele pudesse mudar de idéia, até parar perto da porta da sala.

— Esqueci uma coisa.

Recuou novamente em direção ao quarto, sobre cuja mesa, entre vários objetos, um, pequeno, repousava. Colocou-o no bolso e partiu, dessa vez sem aguardar que ele a impedisse.

Esfinge

Ficou nadando por mais de uma hora. Dentro da água o tempo progredia em outro ritmo, ou mesmo parecia não existir. Fora, um campeonato de futebol amador acontecia e, a cada gol marcado, rojões eram lançados em comemoração, fazendo um barulho que a assustava. Enfiava a cabeça dentro da água para se proteger do som e, de fato, assim só ouvia um ruído que julgava se assemelhar àquele que os fetos ouvem no útero. Um som cheio, uniforme e tranqüilizador, que a ajudava a manter afastados os pensamentos pelos quais tinha saído de casa mais cedo do que de costume. Pela manhã ele falara dos filhos. Tudo seria diferente se eles morassem com ele, disse. E com essa confissão, que lhe soou como um lamento, um arrependimento que a preteria ao incluir os três meninos, posto que duas coisas não podem jamais ocupar o mesmo espaço ao mesmo tempo, ela entristeceu. Quase sentindo seu amor por ele, diretamente proporcional ao que ele lhe tinha, diminuir como o indicador do velocímetro quando na estabilidade da estrada de repente se topa com um animal, ela se transmudou naquele ser discreto e inatingível que o assombrava não porque lhe fizesse uma pergunta à qual ele não pudesse responder, mas porque, sem lhe perguntar nada, esperava uma explicação impossível que justificasse tal queixa. Então ela não era o bastante, nunca seria, por mais que se esforçasse para compensar as ausências de filha, de mulher e de mãe. O passado tinha dado frutos e, portanto, estaria sempre presente, para desespero dela, que, precisando de todo o amor dele e incapaz de dividi-lo sequer com os filhos do próprio ventre, não poderia fazê-lo com os filhos de uma outra mulher. Para ela, pois, tornava-se impossível a entrega. Haveria sempre um lado dela que se fecharia, ao qual ele jamais teria acesso. Uma coisa tão sua, tão única e misteriosa que ele não poderia tocar nem sequer conhecer, mesmo que isso fosse o sentimento absurdo que ela lhe devotava. Sua vida pertencia a ele, mas, sendo ele responsável por outras tantas, ela jamais poderia depositá-la em suas mãos. Assim, silenciosa como quem sai de cena, apanhou a roupa de banho e deixou a casa, em direção ao clube. Lá, já não pensava mais em nada. Indistinta e irreconhecível pela touca e pelos óculos, ela nadou e, depois, ainda indistinta e irreconhecível, estendeu-se ao sol com o rosto coberto pela saída de banho preta que filtrava a luz, transformando-a, contra o fundo escuro, em pequenos desenhos coloridos de caleidoscópio.

O Poço

A despeito da chuva fina e da balbúrdia da metrópole naquela hora da manhã, julgava estar num deserto. Os olhos ardiam e, iludidos, avistavam pequenos oásis no meio do nada. Da última vez que isso acontecera, há séculos, num outro deserto, uma outra mulher, escrava, ao ver selado o seu destino – e quem sabe grata pela proteção que lhe vinha de súbito em tal momento –, disse em direção ao céu: "Não tenho eu também olhado neste lugar para aquele que me vê?" Isso já não podia mais ser. Talvez ainda houvesse provações como outrora, tão duras quanto ser expulsa da casa do dono, carregando no ventre o peso da outra linhagem, mas ninguém mais aparecia no vazio. Nenhuma palavra de consolo vinha agora do alto ou de qualquer direção. E ela mesma não tinha voz para proferir algo em tom audível, uma imprecação ou um tímido pedido de socorro que fosse. Mas as miragens de coisas estéreis continuavam a se reproduzir e se refletir nos seus olhos.

Vinte Anos Depois

Subindo a rua Augusta de ônibus, sentada à direita, eu me impacientava. Havia marcado horário, o motorista ia lento, como se até o próprio veículo padecesse o calor daquele final de tarde de verão. Era uma subida interminável e as pessoas que iam a pé, entre um momento e outro, emparelhavam conosco. Ora crispava minhas mãos, ora enrolava os cabelos num coque alto, desgrenhado, com lentidão, para que o suor de minha nuca evaporasse.

Eram os movimentos que resistiam ao calor paralisante. Apenas meus olhos, autônomos, indiferentes ao cansaço do corpo, se moviam continuamente, de um lado para o outro da rua, conformados com aquilo que eu não podia ser.

E assim chegávamos à subida mais íngreme, antes da área plana que se seguiria por um breve espaço. Depois da subida, o último ponto antes de cruzar a Paulista. Então o ônibus parou, alguns metros adiante do restaurante que ocupava a esquina da Augusta com a alameda

Santos. Ali, descia a maior parte dos passageiros. Ali, o ônibus se demorava por isso e por causa do longo semáforo que se aproximava. Quando o ônibus parou, novamente, depois do ponto, diante do semáforo, eu me vi pela janela. Vi uma senhora, de uns quarenta e tantos anos, rindo apaixonadamente na presença de um senhor, próxima a uma das entradas do Conjunto Nacional. Era o meu rosto, ou o que seria dele, dali a vinte anos. Ainda conservava a graça nos olhos, nas sobrancelhas que os delineavam, meu rosto estava mais murcho, os sulcos ao redor da boca, mais vincados. Já não possuía os cabelos que se derramavam pelas costas até a cintura, mas na altura da nuca, tingidos com o que seria a cor natural deles, castanho-escuro. Vestia-me com a sobriedade adquirida com os anos. Havia emagrecido um pouco e, pareceu-me também, diminuíra alguns centímetros na altura. Notei isso quando sua figura miúda, na ponta dos pés, abraçou o homem que a acompanhava. Encostava a cabeça em seu peito, beijando os pêlos que escapavam para fora da camisa levemente aberta, ele era muito alto, muito magro, tinha os cabelos quase totalmente brancos e a abraçava com uma mão apenas, com certo constrangimento, enquanto a outra segurava uma pasta. Parecia querer afastar-se e ela sabia disso, mas estava feliz, estava compreensiva, balançava a cabeça assertivamente, sabia que era chegada a hora de se separarem. Eu sei, vai, vai, li em seus lábios sorridentes, enquanto já o empurrava carinhosamente, despedindo-se.

Do lugar em que estava, levantei-me de um salto, puxando a campainha insistentemente, mas o motorista recusou-se a abrir as portas fora do ponto.

O farol abriu, o ônibus atravessou a avenida Paulista, já no plano, pronto para o caminho da descida que viria. A próxima parada estava distante, depois dos botecos, depois do cinema. Quem seria ele, quem seria eu, tinha de saber, talvez fossem amantes. O constrangimento dele e os modos apaixonados dela justificavam isso.

Quando o ônibus abriu as portas, retornei pelo caminho, correndo para saber do que tinha ficado para trás. Até que localizei o senhor, que antes a acompanhava, atravessando a rua, e corri em sua direção.

Vi sua figura excepcionalmente alta se destacando entre a multidão, que, como ele, vinha contrária a mim, na faixa de pedestres. Abordei-o, no meio do caminho, fazendo-o parar. Quem era ela, quem, quem?! Eu gritava em desespero. Um tremor se apossava de seus traços, como se eu lhe houvesse descoberto um segredo. Ela... Ela quem? Não há ninguém... Estava reticente, temeroso. Mas logo o tremor de seu rosto se converteu em cólera quando imaginou que estivesse sendo seguido. Não é de sua conta! Quem é você?... Não é *ninguém*! Não é *ninguém*, ouviu?!

E pôs-se novamente a andar, a passos rápidos, afastando-se de mim, praguejando impropérios.

Cura de um Cego

Consta que um homem cego de nascença perambulava por terras áridas e longínquas, num mundo escuro e largo, à procura de quem o curasse, quando ouviu o tropel da multidão que passava. Perguntou o que era. Anunciaram-lhe que Ele passava por ali. Conhecendo de ouvido seu poder, rogou-Lhe um milagre. "Que queres que eu te faça?", Ele indagou. Respondeu o cego: "Que eu veja". "Tens certeza?", replicou Ele, desapontado. "Por misericórdia." "Pois assim seja feito; tua cegueira te perdeu, mas tua obstinação te salvará." E o cego pôs-se a enxergar. Consta também que esse homem, antes sem visão, tendo então vivido e visto, furou os próprios olhos, num assomo de desespero, à maneira tebana.

One Night Stand

Não voltaria mais lá. Sumiu pelos corredores escorregadios e alcançou a portaria, por onde só entrara naquela ocasião. Antes disso, vira o último gole do vinho amargo no fundo da taça, fechara a porta, o coração tamborilando tão alto que teve medo de que ele acordasse e perguntasse por que partia. Se isso ocorresse mesmo, ela responderia que foi tudo mentira: há muito não vivia e não acreditava na ressurreição da carne. Ele que não replicasse. Agora era se atirar à rua, era se misturar à multidão por entre os faróis e a escuridão que caía, fazendo mais irreal o fato, mais bem-sucedida a fuga, mais anônimo o vulto; era retornar pelo caminho como se retornasse pelo tempo, até que fosse alheia novamente, até voltar a estar morta.

Por um instante, traçou mentalmente um trajeto que permitisse sua anulação, mas a isso com teimosia se juntava a palavra que a impedia de esquecer por que viera até ali. Respirou fundo, contou até três e, como se espantasse uma mosca que pousasse em seu nariz, tentou refazer, decidida, o percurso da solidão.

Ele provavelmente ainda dormia, sozinho. E ela, de onde estava, já podia retardar os passos. E tudo voltaria à calma de antes, ao som conhecido e ritmado que não conhece descompasso nem desafino; ela mesma se convencia: nada acontecera.

No Caminho do Cisne

༄

Eu podia ter feito mais. Eu podia ter feito alguma coisa, aliás. E era tanto. Havia vontade e desejo. E também algo que inutilmente tentei pôr em palavras. Houve um tempo, o tempo da vida, em que tudo ao meu redor, ou em mim mesma, tinha tanta força e era tão verdadeiro que poderia ter me transformado em uma artista ou me destruído. Não aconteceu nem um nem outro. Restaram apenas os vestidos. De tecidos finos e leves, que cabem numa bolsa pequena de mulher.

Bem antes disso, alimentei um cão sem dono, quando comi um sanduíche num café muito longe daqui. Estava numa mesa na parte ao ar livre quando ele se aproximou com olhos de fome. Peguei um pedacinho de presunto do sanduíche e o levei até perto de sua boca. Ele o engoliu praticamente sem mastigar. Então parti um pedaço ainda maior, com pão e queijo, e o depositei na palma de minha mão: ele comeu dela, lambendo minha linha da vida. Não fui mãe, mas suponho ter experimentado algo bem próximo, se tivesse oferecido meu leite a uma pequena criatura. Eu alimentei um ser com a minha própria pele e, depois disso, ninguém pode ser mais o mesmo. Tivesse isso acontecido mais tarde, quando eu estava já preparada, e o rumo das coisas poderia ter sido outro, sem essas peregrinações diárias pelas ruas deste bairro, em busca de um gesto de humanidade: a vantagem de um bom bairro é que sempre se é tratado bem em qualquer lugar. Vislumbra-se a dedicação mais verdadeira nas vendedoras, solícitas e dispostas, que me chamam pelo nome. Assim é igualmente nos médicos, a quem consulto e entrego meu corpo são com freqüência, sempre pretextando uma doença ou desconforto; e também nos cabeleireiros, onde me submeto a tesouras e pincéis sem necessidade, apenas para receber em meus cabelos seus dedos ágeis.

༄

Comecei nas lojas mais afastadas do bairro, por acaso. Aquelas aonde eu ia raramente mas onde sempre comprava algo para compensar a distância: uma echarpe que eu nunca usaria, por não suportar nada em volta de meu pescoço sem sentir uma leve mas constante impressão de estrangulamento; um par de meias que me apertavam logo atrás dos joelhos, tornando as duas veias da área mais azuis e salientes; sapatos que pressionavam meu dedão desproporcionalmente comprido, ocasionando, assim, uma cefaléia que passava tão logo eram descalçados; um vestido cujas mangas me impossibilitavam de levantar os braços. Foi assim que, ao experimentar uma bela e inútil túnica, encontrei, no provador, um vestido de seda claro, onde estava bordada uma paisagem oriental: um lago com um pássaro, que inicialmente pensei ser um cisne e mais tarde soube se tratar de um grou, descansando sobre uma das pernas apenas, imersa no lago, como se a outra, dobrada, a todo custo evitasse o contato com a água calma onde cresciam as flores de lótus. A vendedora devia ter se esquecido de recolhê-lo, depois de alguma cliente tê-lo provado e descartado. Como se obedecesse a uma ordem, coloquei-o, amassando-o, em minha bolsa, e deixei a túnica nas mãos da vendedora, alegando o tamanho errado e uma certa pressa que me impedia de experimentar uma de outro número, e fui embora.

Quando cheguei em casa, não ousei vesti-lo. Pendurei-o, por um cabide, no arco do lustre da sala, e imaginei que ele era uma coisa autônoma, com vida própria, que não precisava de nada nem de ninguém para ser completo. Aliás, se fosse vestido, talvez perdesse muito desse encanto e se transformasse numa roupa qualquer, numa personagem coadjuvante, que serve apenas para iluminar alguém ou cobrir sua nudez.

Daí para frente se seguiram outros, cujos modos de apreensão foram sendo aprimorados. O gesto passivo do roubo primordial deu lugar a estratégias que variavam de acordo com as imposições do momento: junto um vestido à roupa que vou experimentar e, no provador, escorrego-o para dentro da bolsa; ou o faço fora do provador mesmo, quando a vendedora vai, a meu pedido, buscar algo no estoque, ou mesmo um copo de água (mas é preciso dizer que isso nunca acontece mais de uma vez por mês: na maior parte do tempo, sou uma consumidora comum). Também sempre compro alguma coisa na loja. Assim, poderia também pagar pelos vestidos, mas acho que a verdadeira liberdade não pode ser comprada. Deve ser adquirida, como direito que é. Não ajo como um ladrão, o que faço é torná-las, a essas roupas aprisionadas, donas de si próprias.

୨

Os vestidos estão guardados no quarto das visitas que não vêm mais. Pendurei-os em araras junto às paredes. No meio do quarto há uma cadeira na qual me sento para contemplar minha obra, que, admito, é pouco digna da arte. Nunca ninguém os usou, tampouco sabem de sua existência. É um pequeno crime, que talvez merecesse apenas uma nota curiosa num canto de jornal, mas espero que o descubram algum dia. Chego até a imaginar a cena, quando abrirem à força a porta e se sentirem como arqueólogos diante de pinturas rupestres nunca antes vistas.

Golias

Fiquei observando-o. Encolhido como um gigante que tivesse sucumbido, tal laivo de ternura me comovia. Por um momento pensei com assombro que eu não tinha o direito de flagrá-lo em tamanho desamparo, nessa hora em que estamos despidos de nossa *alma exterior*, só para usar uma expressão cara a mim. Pois era com afinco que ele mantinha todo o seu arsenal em prontidão contra a minha temeridade, contra a minha força de quem se sabe frágil e derrotada. Era, afinal, como bater em cachorro morto (eu, bem entendido) e duvido que ele não soubesse e mesmo se aproveitasse disso para treinar sua pontaria no exercício da madureza, *essa terrível prenda*. Quis acordá-lo, envolvê-lo, dizer-lhe que, pelo menos ali, nós podíamos ambos depor as armas, fosse uma bomba ou minha minúscula pedra, naquele momento em que eu precisava desesperadamente de uma trégua, ainda que fosse para declarar-me vencida e expor-lhe minhas veias abertas, as mesmas que amedrontam e afugentam as pessoas que de repente se deparam, no meio da rua, com um mendigo cuja enorme ferida na perna jamais cicatriza, mas limitei-me a ficar do seu lado, apaziguada por ter ao menos isto: um corpo que, por um breve momento, se entregava a ponto de dormir com os dois olhos fechados diante de mim.

Jogo

Quando tudo desmorona, ele se afasta ensaiando uma fuga, enquanto ela escuta o eco da própria voz, solitária, num cômodo vazio. Mas é sempre dele o primeiro movimento de reaproximação. Ele a toca, com a mão em concha, como se fosse enchê-la de água para levar à boca, mas a concavidade da palma apenas se encaixa no convexo de um ombro duro e tenso. Ela vira a cabeça – está de costas – e faz esforço para executar um meio sorriso, mecânico, os músculos da face logo se convertendo à posição inicial. Afastando o rosto para longe da mira dele, ela se alinha de novo em perfil de estátua, ele suspende o gesto, recolhe o braço, vira-se. Não tentará de novo, ele decide, lutar contra esse orgulho usando sua humilhação. Ele não sabe que ela fez o que pôde, que o meio sorriso foi o máximo que conseguiu dar em resposta. Se soubesse, talvez insistisse, abraçando-a forte contra o peito, afastando dos olhos aqueles cabelos que teimavam em escondê-los. As horas passam, ele sai de casa, ela fica só e aliviada. Atira-se no sofá. Ri e chora, alto, ao mesmo tempo. Depois ela sai, quando aquele chega. Vai dar voltas no quarteirão, na falta de lugar para ir. Quando volta, a cabeça mais fresca, carregando porta adentro o sol que trouxe de fora, encontra-o bebendo cerveja e assistindo a uma final de um campeonato de futebol, ele, que nunca vê TV. Está lá, afinal, fingindo uma pessoa das mais previsíveis, do tipo a quem basta um jogo para fazê-lo esquecer tudo o que não é bola ou rede, esteja o time pelo qual torce ganhando ou perdendo. Ela, que entende mais de futebol e outras futilidades do que ele, comenta um lance impedido, pretextando conversa, mas ele só lhe responde com uma espécie de balbucio. Facilmente ela desiste; já está cansada da disputa que transcorreu durante todo o dia, transformando-o em algo inverossímil. Nenhum dos dois sabe como ceder, como fazer as coisas voltarem ao que era antes. A convivência, os hábitos, a casa foram tão contaminados que qualquer atitude de reversão soaria como cumprimentar no elevador o vizinho cujo filho já se ameaçou de estrangulamento caso não fizesse silêncio no corredor comum. Estira-se na cama, então, de barriga para cima, e olha para o teto – para ela, a maior manifestação de resignação que conhece – sentindo, pelo súbito escuro captado pelo canto do olho, que o tempo estava para mudar. Logo uma chuva de verão começa a cair, forte o bastante com seu vento para derrubar árvores e arrancar telhados. Levanta-se de um salto para fechar as janelas. Ele também faz o mesmo. Deparam-se um com o outro na cozinha de três pequenas janelas juntas, onde, enquanto ele fecha a da direita, ela o faz com a da esquerda, para, sem querer, ao mesmo tempo, acabarem por tentar a cerrar a do meio.

Je ne Regrette Rien

Há alguns anos ele repete os mesmos gestos: a cada vez que saio de meu quarto que funciona como uma espécie de escritório, ele pergunta se quero almoçar ou jantar naquele momento. Se digo sim, ele vai à cozinha, esquenta a comida em banho-maria, porque acha que o microondas é nocivo à saúde, e, enquanto isso, fica de pé em frente ao fogão, observando a panela com água ou descascando uma fruta para a sobremesa. Se não desejo comer àquela hora, ele volta a seu quarto, reclina-se no sofá de dois lugares que adquiriu quando se aposentou e torna a ouvir as mesmas músicas de sempre: Gardel, Sinatra, Edith Piaf. Mas raramente fazemos uma refeição juntos.

É ele quem cuida de minhas roupas também: separa-as por cor para que não manchem umas às outras, coloca-as na máquina de lavar antiga e barulhenta, cheia de segredos de funcionamento que só ele conhece, aperta os botões e fica examinando as roupas se mexendo em meio ao sabão até que fiquem limpas e possam ser estendidas no varal. Não é necessário passá-las a ferro: ele as pendura em cabides no varal, assim elas secam completamente esticadas, prontas para o uso.

Quando preciso sair daqui, ele faz questão de me levar, esperar e me trazer de volta, com a paciência de quem sempre fez assim.

No entanto, esse cuidado, ou qualquer outro, para dizer a verdade, eu não me lembro de ele ter tido quando eu era criança. Aliás, desta época, poucas são minhas recordações dele: lembro-me de como se trancava na edícula de nossa casa, ao som das mesmas músicas que ainda hoje costuma ouvir, e ficava contemplando uma mancha de mofo insistente no teto, nas horas em que minha mãe, sob o pretexto de me ensinar a fazer alguma coisa na cozinha, achava um tempo em seu dia para passar comigo. Assim, mesmo quando estava lá, eu era capaz apenas de sentir sua ausência, como a de um fantasma que, embora não existisse, teimasse em nos assombrar para que o incluíssemos no mundo dos vivos.

Mas as coisas mudaram. Hoje, por trás do silêncio, há uma solicitude calada, que, às vezes, até me faz ser ríspida em meus monossílabos. Porém, passados uns instantes, sento-me com ele por alguns minutos no sofá que tem em seu quarto para ouvirmos, como quem não quer nada, a voz de Edith Piaf em meio aos chiados da velha vitrola.

Ana Cristina Cesar

Eu também me mato
todos os dias
às três horas da tarde.
Depois
volto às mesmas coisas
de sempre
até pensar de novo
na minha próxima morte.

Perdido o Lenho

Ele chorava e não havia nada que eu pudesse fazer. "Estou doente", pensei. Aquela dificuldade em discernir o real do que era sonho retornava. E também a suspeita de que um outro alguém estivesse em meu lugar, enquanto meu eu vagava por aí às tontas, seqüestrado de mim. De novo aquele estranhamento de não reconhecer o que está em volta: constatar a inutilidade das facas, dos gestos, das palavras e seus acentos, e não saber como usá-los mais. Bastava uma pequena mudança no horizonte, mesmo que previsível, para eu me perder mais uma vez, sem garantia de me encontrar, algum dia, na seção dos achados. De novo o pesadelo crônico de estar afundando, imóvel, de onde não se vê mais a areia. Ao longe, uma música dizia, melancólica: "e tudo o que eu posso te dar é solidão com vista para o mar". Mas súbito eu estava em terra firme, recuperando o fôlego, tentando me desviar daqueles olhos que, úmidos, me remetiam vagamente ao oceano em cujo fundo silencioso jazem os restos dos afogados.

Os Vivos

Era tarde demais quando percebeu que não deveria ter saído de casa. Já estava dentro do cinema e reclinara-se na poltrona para achar uma posição mais agradável às suas costas. Logo o escuro da sala quase vazia fê-la esquecer-se do desconforto de si mesma. Então o filme começou, arrastado, exibindo duas personagens cujas vidas se espelhavam. Embora não se assemelhasse a nenhuma daquelas pessoas, deu-se conta de que sua própria condição se refletia na tela, desmesuradamente, em *cinemascope*. Era o que sobrava dela que se expunha, de modo quase vergonhoso, a ponto de afundar-se na cadeira, como se fossem reconhecê-la. Sorte que havia poucas pessoas. Sorte que não repararam. Mas ela sabia: o filme era uma ferida. Ela era uma ferida. Ter um ferimento na mão era uma coisa: apenas a mão doeria e, ainda assim, só quando a esbarrasse em algo ou quando dela fosse requisitado algum esforço, do qual poderia furtar-se, usando a outra mão. Diferente é ser um ferimento: toda ela doía ao mais leve contato da vida. Quanto à ferida na mão, era poupar o membro doente dos atos danosos, como o de segurar um objeto. Quanto à outra ferida, que fazer? Poupar-se da vida?

Quando as luzes se acenderam, ela ainda estava enterrada na poltrona, seus membros paralisados, um cansaço enorme atravancando os movimentos que ensejava. Foi com lentidão que emergiu para respirar. Levantou-se devagar e retirou-se.

Já anoitecia. Até o ponto de ônibus, faltavam três quarteirões, que percorreu pé ante pé como se avançasse dentro da resistência que o vento do deserto lhe impunha. De nada adiantavam seus sapatos novos: erroneamente pensara que eles pudessem sobressair-se, caminhar por si mesmos, desviar a atenção do corpo desvanecido para o brilho vivaz do couro. Uma multidão vinha de todos os lados, numa existência que a importunava, que a humilhava de forma obscena. Em vão tentava se esconder, em vão procurava abrigo: estava exposta como uma chaga.

Quando entrou no ônibus, deixou-se ficar no primeiro lugar vazio que encontrou. O veículo rodou mansamente pelas ruas congestionadas da cidade, noite adentro. Ela depois notou que uma poeira circundava a mão que segurava o balaústre; e, ao tirar seus dedos dali, o lugar que eles tocavam estava limpo, e ela continuava quieta; havia esquecido o som da sua voz, porque naquele dia ainda não falara, desabituara-se à articulação: o silêncio a tornara prisioneira de um mundo que se projetava apenas por imagens mudas de mãos sãs e delicadas que se tocavam.

O Outro Mundo de Clarissa

Não era um livro diferente dos que eu lera até então. Era apenas um pouco mais difícil do que as histórias que estava habituada a ler aos nove, dez anos. Ganhei-o de aniversário, de uma vizinha nossa que outrora me presenteara com as fábulas de La Fontaine e *O Pequeno Príncipe*. Era uma senhora que morava sozinha e que adorava a cultura francesa, embora não creio que tivesse o costume de ler muito. Sua casa, geminada à minha, era o paraíso dos bibelôs, cheia de presentes que os familiares ricos traziam de Paris, onde nunca estivera. Lá, tudo era antigo, encoberto por uma poeira velha em tom de sépia, essa cor que as fotografias em preto-e-branco adquirem com o tempo, e recendia a naftalina. Ela também apreciava muito as plantas: a garagem, sem carro, um espaço aberto de uns quatro metros quadrados, onde começava a casa, transformara-se em suas mãos num emaranhado de flores com as quais conversava em sua solidão de viúva sem filhos.

O último presente que me deu antes de morrer foi

uma edição barata de *Clarissa*, de Érico Veríssimo, em papel-jornal e capa verde. Não a possuo mais, infelizmente, pois, devido à dimensão diminuta de nossa casa, minha mãe fazia com que eu me desfizesse dos livros à medida que os lesse e que a única estante que tínhamos se enchesse. Clarissa era uma jovem que vivia, não me lembro ao certo, num pensionato ou na casa de uma tia. Sua vida era comum, com as atividades das garotas de sua idade: estudos, afazeres domésticos... Nem me lembro se cheguei ao fim do livro: não havia aventuras nem nada extraordinário. No entanto, pela primeira vez, reparei no que não acontecia, pensando com assombro se essa menina e esse lugar de fato existiam. Nem precisava fechar os olhos para imaginá-lo: a rua por onde Clarissa passava depois das compras delineava-se instantaneamente, como num passe de mágica, as casas com seus portões e jardins, o detalhe das fachadas. Achei que estivesse diante de um fato sobrenatural: como eu podia *enxergar* tudo isso só com palavras? O que havia além delas? Tinha a impressão de que, se fosse visitar aquela cidade, encontraria tudo exatamente da mesma forma como estava no livro e era capaz mesmo de me deparar com a própria Clarissa.

Quando digo que não era um livro diferente dos que lera até então, quero dizer que me dei conta de que todos os outros haviam me proporcionado, sem que eu percebesse, essa mesma clarividência, eu apenas não notara isso antes. Talvez só então o percebesse porque a história de Clarissa era simples, tão natural como a que eu própria vivia. Mas não era o mesmo mundo; ele existia por palavras, eu não podia tocá-lo, apesar da concretude de que era feito: caminhava paralelamente ao nosso, nas entrelinhas de uma outra dimensão.

De vez em quando ainda penso no que encontraria se tivesse mesmo ido até lá.

O Condestável

Há muito não escrevo. Quase um ano. Foi há cerca de um ano também que comecei a ser feliz. A coincidência das datas me faz crer que o que me levava à criação era justamente a ausência de algo bom em mim. No entanto, ao contrário do que se pode pensar, não escrevia sobre angústias, mas apenas escrevia, como quem, privada de vida em si, a inventasse no espaço ideal das páginas. Talvez isso seja o tão almejado: dar vida às palavras; se bem que eu não acharia de todo errado dizer: dar palavras à vida. Enfim, apesar da felicidade que me acomete, veio-me hoje a vontade de contar algo. Caminhava pelas ruas do Chiado, em Lisboa, com a consciência, não pesada, mas apenas conformada, de nada ter feito com tanto, quando deparei com a história de alguém que fez tudo com pouco, o que me impeliu a escrever de novo. O Grande Terremoto, no entanto, destruiu a obra que coroou todos os seus feitos, mas, ainda assim, ela permanece, porque em algum momento alguém a relatou. Vou me utilizar da forma mais primordial que conheço, para não incorrer na imperícia trazida pela minha própria ferrugem:

"Era uma vez um homem que, comandando um pequeno exército desprovido de tudo, venceu um outro, grande em número e muito bem armado, numa batalha chamada Aljubarrota. Tornou-se o homem mais bem-sucedido de Portugal, depois do rei. Depois tomou da sua fortuna e deu-a aos pobres, internando-se num convento que construiu, do qual hoje só restam ruínas. Para sempre".

Esquecida

A primeira pessoa com quem se deparou ao abrir os olhos foi uma menina de uns oito anos que a olhava muito séria, enquanto segurava um vaso de violetas nas mãos.

– Pensei que não fosse nunca mais acordar.

Era a neta da qual não se recordava. Também não reconhecia o quarto em que estava e tampouco o homem que acabara de entrar nele, tratando-a por mãe, acompanhado por uma enfermeira.

O filho que nunca vira lhe acariciou o rosto, depois fez subir um pouco a parte da cama onde sua cabeça estava repousada. Enquanto ele falava e à medida que a cama se erguia, viu-se refletida no espelho. Não se lembrava daquela mulher de manchas senis e cabelos brancos. Por um momento pensou em como ser aquilo em que havia se transformado, como conviver com essa nova face em cujos vincos se projetava uma história que não conhecia, apesar de ser a protagonista. A única coisa de que se recordava era de seu rosto quando jovem. O tempo deve ter então saltado uns cinqüenta anos. Um salto que abarcava uma vida que não existia. Cinqüenta anos não existiram.

Ao chegarem, a velha olhou para o lugar em que morava: não era sua casa. Certamente aquele lugar fora decorado à sua revelia. Aquele não era seu gosto. Mobília clássica, escura. Ou teria se transformado nisso? Investigou os cômodos. Uma cozinha singela, com armários laqueados em tom pastel. Depois se enfiou no quarto, deixando a menina e o filho na sala.

No seu quarto, sobre a cômoda, uma foto do filho e outra, dela com aquele que deveria ter sido seu marido. Teria sido feliz ao seu lado? Deitou-se e, como a escuridão que se instalara em sua memória fosse repetitiva e maçante, adormeceu.

Ao acordar, tratou de vasculhar cada coisa que pudesse conduzi-la a si mesma. Examinou primeiramente os álbuns de fotografias. Viu-se de novo jovem, o rosto familiar, com o olhar distante e inexpressivo que encontrou em todas as outras fotos.

Nas fotografias de casamento, encontrou o homem cuja feição mudada e envelhecida repousava no porta-retrato sobre a cômoda. Viu os pais, os irmãos cujo destino ignorava.

Depois veio o álbum do filho. Provavelmente só tivera um, um menino terno e gorducho que não lhe despertava o sentimento de mãe. Não, não era mãe. Em nada se parecia com uma. Sequer deveria saber segurar uma criança nos braços.

Cansou-se das fotos, porque era como se visse retratos comuns de gente estranha. Rostos desconhecidos se repetiam, paisagens, ângulos e cenas, como olhar pela janela de um trem que percorresse um deserto.

Perto dos álbuns, uma agenda velha, de data antiga, com recortes colados, poemas transcritos, horários de antigos compromissos. Tudo ainda por demais impessoal. Mas, nas últimas páginas, afixada com um clipe enferrujado, uma carta breve escrita por sua própria mão. Era antes um pedido, explícito, lacônico e sem justificativas: que vivesse em completo esquecimento e só percebesse a vida pouco antes de morrer.

Leu diversas vezes a breve mensagem, na esperança de extrair dela um subtexto, algo perdido nas entrelinhas. Talvez estivesse apenas cansada, tão cansada que lhe fosse impossível percorrer uma vida inteira. Talvez o fim estivesse próximo. Vêm as palavras da neta, as únicas frescas em sua memória: "Pensei que não fosse nunca mais acordar".

Nevasca

Ela percorria o espaço do apartamento onde moravam enquanto ele falava, seguindo-a. Era assim que sua impaciência se manifestava quando discutiam, com passos lentos mas ininterruptos, da cozinha à sala, da sala ao quarto, do quarto novamente à cozinha. Quando terminasse de ouvir as queixas, ela então cessaria os movimentos, estacaria provavelmente em uma das cadeiras da cozinha e tomaria a palavra. Antes, não era assim: não agüentava ouvir tudo calada, intrometia-se nas falas do outro, o sangue corando as faces, numa irritação febril. Agora podia argumentar sem elevar o tom da voz, aprendendo até a se calar. Sim, ele reclamava com razão, ela agira mal, desagradara-o com sua imaturidade e insegurança, resquícios da adolescência mal terminada que ainda guardava teimosamente ao entrar nessa outra fase de sua vida.

Quando finalmente iria responder, ela olhou os próprios pés, numa tentativa de esboçar uma humildade reflexiva. Naquele dia fizera algo novo: pintara as unhas.

Com um esmalte cintilante e leitoso, esbranquiçado. As unhas pintadas sobressaíam-se dos pés descalços, ligeiramente pardos, amarelados pelo verão. A visão desagradou-a profundamente. Os pés, de cuja delicadeza sempre se admirara, pareceram-lhe vulgares no bronzeado que se esvaía e na grossa camada de tinta que cobria as unhas. Pela falta de hábito, sabia que as havia pintado como uma criança que usasse escondido os produtos de beleza da mãe. Grosseiros, descuidados. E, assim, de repente, aqueles pés fizeram-na duvidar de si mesma. Aquilo não era ela. E o frio crônico que a acometia sempre que era vítima do estranhamento gelou-lhe as extremidades, e nenhuma voz saiu-lhe da garganta. Faltavam-lhe apenas sandálias de tiras vermelho-vivo que, por bom gosto, pensava, nunca calçara. As palavras do outro soaram-lhe absurdas: era um desconhecido que falava. Nunca o vira antes. E pareceu-lhe improvável que morasse com aquele homem há três anos.

À Procura de Poe

Havia quase se esquecido do livro. Ele esteve à sua cabeceira por alguns meses, sobre o criado-mudo, junto a outros, que levava ao quarto para a leitura que fazia habitualmente antes de dormir. Acabou por adiar a tarefa de lê-lo. Mas, nesse dia, como se a hora tivesse chegado, lembrou-se do presente que ganhara.

Foi até o corredor que desembocava na estante de livros que ocupava a parede toda, do chão ao teto. Acendeu a luz fraca e lançou um olhar minucioso para os livros em desordem. Não encontrou o volume ali. Pensou que ele pudesse ainda estar no quarto, caído atrás da cama, e seu rosto se contraiu numa expressão de nojo: abominava os cantos, esses espaços para onde convergem duas linhas a formar um ângulo e onde se acumulam teias de aranha e coisas perdidas. Com uma olhadela, concluiu que ele não estava lá. Tampouco o emprestara a alguém. Lembrou-se, então, de que a faxineira costumava levar os volumes que encontrava pela casa à estante, colocando-os deitados sobre os outros que jaziam na vertical. Vez ou outra, um deles escorregava para trás dos livros enfileirados, no fundo da prateleira.

Voltou à estante e examinou-a, sem achar o volume que procurava. Decerto ele tinha caído no vão que se formava atrás dos livros justapostos: já podia até vislumbrar sua capa preta com letras douradas a emergir do buraco mal iluminado. E veio-lhe à cabeça que aquilo era um *canto*, pior do que os outros da casa, porque os pesados livros à frente se interpunham entre ela e o vazio empoeirado, impedindo-lhe a visão. E não havia ninguém que pudesse fazer aquilo senão ela. Com repugnância, como se tocasse pela primeira vez a vida, encaminhou lentamente os dedos para o vão.

DE COMO SE ACHOU PERDIDA UMA MULHER

Afastara-me dos outros por algum motivo tolo e estava perdida. Já caminhara horas seguidas, sentindo o suor, que brotava de trás dos joelhos, rolar pelas panturrilhas. As pernas bambeavam, retardando os passos. Passos de Ademir da Guia, de homem dentro do pesadelo. Nada é plano como parecia nas imagens conhecidas, aliás nada me era conhecido. Devia estar muito longe. Talvez já estivesse em outra cidade e nem o soubesse. Era capaz que chegasse a Roma desse jeito. Dirigira-me a tanta gente e fora inútil: elas não entendiam minha língua, eu não conseguia sequer dizer *me ajudem*. Como será *socorro* em francês? Um engano: isso não era Paris. Fazia um calor terrível. Será que é por isso que o que via se deformava? Imagens suarentas derretendo-se. Pessoas cujas feições escorriam de si mesmas. Cafés contorcendo-se até se transformarem em botequins. Ruas sujas de algum ponto esquecido de São Paulo. E moscas. E o sol. Um cachorro com sarnas cruzou meu caminho, trôpego como eu. Fui em seu encalço. Ele parava, coçava as feridas com tenacidade, lambia-se até onde podia alcançar, tornava a andar. Não via que o seguia: era um vira-lata sem dono e, como tal, invisível. Levou-me até a uma rua estreita, entrada de um mundo de cheiros desagradáveis, onde, ainda a céu aberto, só se viam as sombras das pessoas, que lavavam suas roupas em tanques comunitários.

Entregue a este outro labirinto, sabia que ao prosseguir por entre os corredores estreitos a saída se distanciaria e eu talvez não conseguisse mais regressar. Mais cachorros apareceram. Corriam no meio de crianças que brincavam no chão.

Avistei uma porta entreaberta em uma das casas e entrei por ela, sem cerimônia. Na verdade, tratava-se apenas de um cômodo, cujas paredes possuíam manchas escuras de mofo. Havia só uma estante e uma cama, sobre a qual jazia uma mulher, coberta por lençóis encardidos, terrivelmente magra, de aspecto doentio, que, de tão fraca, pôde apenas voltar os olhos em minha direção, sem mexer o resto do corpo.

Imaginei que não conseguiria comunicar-me com ela também e, então, com desalento, esbocei um lamento em minha língua. Mas ela compreendeu o que eu dizia. Com súbito alívio, deixei-me cair ao seu lado, exausta, aos prantos. Ela, num gesto agônico, estendeu sua mão, acariciando minha cabeça ternamente e dizendo palavras dóceis de consolo. Meu cansaço e meu asco pelo lugar e por sua figura desapareceram, como também o cheiro que exalava de seu cômodo. E então conversamos e rimos como se nos conhecêssemos há muito tempo.

Por fim, indicou-me um mapa na estante. Peguei-o, agradecida. A imagem da mulher diminuiu, afastando-se do foco de meus olhos. Minhas pernas, as mesmas que há pouco bambeavam, recobraram seu vigor e, autômatas, me conduziram à saída.

Lá fora, o mesmo sol estático ainda ardia. Eu já sabia onde estava.

Começo

A princípio, foi assustador.

Ela surgiu de repente, bem na hora que eu precisava. Ainda é assustador. Quero estar com ela sem precisar porque quando ela está comigo não necessita de mim. Deparei-me com alguém que vem tentando me ensinar algo sem saber. Alguém que ama com facilidade. Já vi isso, mas eu não estava pronta. Na verdade, ainda não estou: eu não sei amar assim. Não quero o esquecimento que virá um dia, de minha parte ou da outra. Ela sabe disso? Não sei. Surgiu de repente, mas foi aos poucos: ela já tinha entrado na minha vida, mas só agora começo a dar licença. Assim, aos poucos. Tem de ser aos poucos, pois quando o novo surge sempre muda alguma coisa e tenho medo de perder o que havia antes, mesmo que não houvesse nada. Se vem com a calma que procuro, aí então nem me dou conta do que foi transfigurado.

No entanto, por força das contingências, estivemos hoje juntas por muito tempo. Para mim é sempre muito tempo. Um paradoxo: alguém que resplandece em iridescência conversando com outro no escuro. Luz e trevas. Sim e recusa. Quero ter coragem para abrir a janela e também dizer sim. Isso me cegará? Talvez. Talvez eu queira a chegada do dia em que poderei lhe dizer: não tenho nada de novo para lhe contar, mas gostaria que se sentasse do meu lado e ouvisse meu silêncio. Ou: mesmo que não nos vejamos mais etc. Por enquanto, faltam-me a voz e a ousadia.

Contrariando minha introspecção, passei parte do dia com ela. E foi tão brutal esse afastamento de mim mesma que, quando nos separamos, tive a impressão de ela ter levado uma parte minha. Voltei para casa com um pedaço faltando.

Retorno

"Em que planeta você esteve nos últimos trinta anos?", nunca deixa de perguntar o amigo que a acompanha em suas perambulações pelos cafés, livrarias, sebos e brechós, que a ajuda a atravessar as ruas e descer escadas (ela sempre se esquece de olhar para os dois lados e tem vertigem de degraus). Ela diz não se lembrar, mas arrisca um palpite: "Marienbad", e os dois riem. Ela lhe arruma o colarinho, pois ele não sabe se vestir, *clown* que é, e eles tornam a andar. Entram em uma loja, põem fones nos ouvidos, escutam a fina faca de Billie Holiday, falam dela como se a tivessem conhecido, concordam que Billie e Welles teriam dado um grande casal, vão para a seção dos livros, ele lê Dylan Thomas para ela, sabe que é a única voz que ela suporta ouvir *falando* literatura, ela, que acha a literatura a comunicação em silêncio. Leu isso em algum lugar, Proust, acho, adora suas *Mil e Uma Noites*. E assim, entre livros, eles se esquecem do tempo que perdem. Saem de lá depois de horas, entram num cinema em que algum filme em preto-e-branco esteja sendo exibido, a pedido dele, que acha que, assim como os chinelos, tudo que é velho é melhor e mais confortável, apesar dos protestos dela, mais acostumada às novas e abruptas colagens. E ela não admite, só o faz mais tarde, que algumas lágrimas lhe escorrem pela face durante a projeção, embora ele perceba a trajetória das gotas brilhantes no escuro. Depois do filme, ela sempre comenta que tal cena lhe lembrou uma cor, uma textura, um ângulo, um olhar, uma cidade já visitada. Ele sabe que ela conhece cada lugar a que se refere, mas não tem certeza se de fato lá esteve, uma vez que ela acha as luzes da Liberdade semelhantes aos anéis de Saturno. Ela se põe a falar da Babilônia, de Bizâncio e de Beijing com confusão e nostalgia, descreve os bazares, os costumes, os temperos e os animais, para por fim mencionar o beduíno que conheceu num deserto distante e lhe aprisionou a alma, justificando, assim, o fato de pairar, perdida, sobre os desertos daqui, sem nunca estar em lugar nenhum, enquanto ele, lembrando-se de que não a conhecera antes disso para saber se ela outrora andava com os dois pés no chão, calcula a conta do jantar e separa o dinheiro para ela, que nada entende de números, enquanto sorve, frugalmente, o suco que lhe serve de refeição. Então eles prosseguem, separam-se na estação, tomam cada um seu caminho para casa, ainda que ele insista em acompanhá-la, mas inutilmente, pois sabe que, a tal hora da noite, ela se queda ainda mais evasiva, feito um lençol que escapasse do varal para ir ter ao vento. Ela se acomoda em um dos assentos do vagão, como Charlie Parker, o perseguidor, se acomodaria em um conto de Cortázar, até ser despertada por um odor que, tal qual uma melodia improvável para aquele, a faz inclinar a cabeça para o lado, com devoção, em busca do cheiro perdido. A imagem do beduíno desaparece e ela aterrissa, desfeita a antiga feitiçaria, para sucumbir à realidade de pele e osso, unhas e dentes, que a cerca. Pela primeira vez em seus trinta anos, ela está de volta à Terra.

Às Escuras

Estava sozinha quando aquilo aconteceu. De início não houve medo, só uma leve exasperação, como ocorrera quando ainda era criança e houve um instante de desacordo.

Aquela era a noite do marido. Uma vez por semana ele saía com os colegas do trabalho para jogar bilhar e tomar cerveja. E aquela noite era dela. O marido ausente a deixava mais dona de si mesma, do próprio espaço que lhe era reservado. Também era bom quando ele estava em casa, assistiam ao noticiário juntos, ela perguntava o que é isso que acontece na Bósnia, por que Muhammad Ali era bom no que fazia, o que é o embargo econômico. E ele lhe explicava tudo. Era como um professor. Ela é que não guardava direito as informações porque nem sempre as respostas estão de acordo com as perguntas, pensava. Mas em certos âmbitos, sabia mais que ele. Do seu mundo ela sabia mais porque as coisas se avizinhavam, tão ao seu redor, que era até possível ser engolida pelo que olhava.

Enquanto arrematava os últimos pontos do suéter, assistindo ao noticiário noturno, a luz se apagou e, estendendo um pouco a vista para o horizonte, viu que o bairro inteiro estava às escuras. E, assim, com a sensação de ser um ponto feito de escuridão, de súbito, o momento estranho de sua infância voltava. Antes desta noite, sua vida caminhava organizada e uma vez só, quando menina, uma espécie de caos se instalara: deitada na cama, com as luzes apagadas, rezando como a mãe lhe ensinara, viera-lhe a quase certeza de a menina não ser a menina que era. Quem é que estava vivendo sua vida naquele momento? Quem via pelos seus olhos enquanto ela enxergava pelos olhos de alguém que desconhecia? Perguntas às quais não soube responder. Foi tão breve esse momento que, na desesperança de recuperá-lo, pôs-se de novo a viver com menos perplexidade. Cresceu, esqueceu-se de querer saber se o sujeito poderia ser o objeto e se a dualidade existia, de fato, ou era apenas uma convenção da humanidade.

E, agora, a mesma inquietação retornava. Como um *déjà-vu*. Como um estranhamento de sonhar um sonho que não lhe pertence. A casa sem luz, acaso era a escuridão que promovia tudo isso? Tudo ficaria sem resposta de novo? Vizinhos e outros lhe vinham à mente. Pensou na moça que a atendia no açougue, no menino maltrapilho a quem dava, de vez em quando, algumas moedas quando voltava para casa, nos professores que lecionavam na escola dos filhos, pensou nos próprios filhos. Acaso ela os seria? Acaso todos os seres podiam sê-la?

Encolheu-se no sofá, agora sim, de pavor, de êxtase, com a possibilidade de todos serem um só, com medo de perder seu próprio eu. Estava em perigo de novo, até que o marido voltasse e, como outro que porventura ainda fosse, restabelecesse a ordem novamente.

Santa Ceia

Quando entrou, o cachorro, que dormia aos pés da poltrona, mexeu o rabo e dirigiu-se a ele, devagar, com uma das patas pisando o ar. As mulheres à mesa levantaram os olhos com discrição. A conversa interrompeu-se, parando no meio de uma frase. Ele fitou a mesa posta para o almoço de domingo, com a fartura pobre de comida, a macarronada, a salada de maionese, o pão, a garrafa de refrigerante pela metade, e adivinhou o lugar que lhe era reservado, à cabeceira, com o prato e o copo emborcados para baixo, em paciente espera. Uma das filhas serviu-lhe a bebida enquanto a outra dispunha os alimentos em seu prato, sob a aprovação muda da mãe. Esta puxou a cadeira e o fez se sentar. Tomou um guardanapo de papel e o depositou ao lado da mão direita dele. O restante da refeição transcorreu em silêncio, quebrado apenas à hora da sobremesa:

– Fiz aquele doce de abóbora de que gosta. Quer um pedaço?

O homem fez que sim com a cabeça, enquanto ela o servia, desculpando-se:

– Não ficou bom, acho que precisava ter cozinhado mais...

– Está bom – ele disse. Só então lançou a vista para adiante da mesa e reparou na parede amarelada, lascando em alguns pedaços e salpicada de mofo em outros, que outrora ele mesmo pintara com tinta branca. Tudo tinha mudado, embora insistisse em continuar o mesmo: os cabelos de sua esposa tornaram-se mais grisalhos, as filhas que ali ficaram em idade de casar continuavam sem casar, já passada a idade, o cachorro agora manquejava, a casa ruía. Ele próprio não era mais aquele de um certo almoço de domingo, quando os seus ainda costumavam fazer a sesta que se permitiam apenas nos fins de semana.

Pôs mais uma colherada do doce na boca. Já conhecia seu sabor de longa data e, no entanto, era como se o provasse pela primeira vez: os alimentos resistiam.

AVALANCHE

A última vez que a garota veio vê-lo parecia fazer tanto tempo que, por fúria ou em sinal de castigo, ele mordeu suas costas até deixar nelas várias manchas circulares, assim desenhadas por causa dos arcos dos dentes, e que, por sua vez, formavam um outro círculo, maior e mais perfeito, urdido com a simetria dos que acreditam no método acima de tudo. Ela aceitou a fúria, ou o castigo, com olhos semicerrados e as sobrancelhas franzidas dos sofredores, erguendo, enquanto isso, o quadril livre das manchas como uma tela em branco, esperando a destreza dos dentes nas nádegas, embora estas nunca, nunca mesmo, por mais forte que fosse a violência recebida, exibissem quaisquer sinais de maus-tratos. "Feitas para apanhar", dizia ele das nádegas, tomando a parte pelo todo. Hoje ela está atrasada e por um momento ele suspeita que ela não venha, que não venha nunca mais. Depois, entre um gole e outro de alguma bebida, ele se anima e acredita que sim, que ela virá, que, ali, no lugar que erigiram para a profanação, o espaço exíguo de uma cama, ela precisa tanto do sofrimento quanto ele precisa ferir. Não se trata de um sofrimento qualquer, infligido a qualquer um que o suporte, mas nela, que, apesar das fortes nádegas, não é nem jamais foi, e ele o sabe, talhada para a dor. O que ela suporta, pois, é como o heroísmo dos queimados vivos. Ela tampouco permitiria que outro a ferisse, porque ele, com seu método, tem a medida exata ao calcular o peso que depositará nas próprias mãos, grossas e largas, feitas para espancar, quando o chicote descreve no ar uma parábola, e só a ele, que lhe descobriu a vocação servil, cabe o direito à propriedade. Enquanto aguarda, ajeita delicadamente no aparador da entrada o maço de flores que comprou para ela, cantando repetidas vezes os versos *you who wish to conquer pain, you must learn what makes me kind...* com todas as suas variantes, e imagina-a entrando porta adentro, esbaforida, correndo para beijá-lo, tropeçando nos móveis, cheirando as flores e falando da visceralidade do último filme a que assistiu, do livro que está lendo, do poema que tentou escrever, sempre viscerais como o filme, porque essa é a única coisa que a atrai na arte. Eles conversarão então sobre livros e ele lerá, a pedido dela, mais algum capítulo de um romance interrompido na última vez. Beberão vinho e irão para a cama, onde costumam passar horas seguidas dedicados não apenas ao estetismo de seus corpos mas às trivialidades do cotidiano, às memórias vividas, que não raro despertam lágrimas e um poderoso sentimento de redenção. No começo, ela lhe beijará os pés por entre os dedos, deixando um pequeno rastro de saliva na superfície sinuosa, para depois se deitar sobre o peito dele, brincando com seus pêlos, devagar, como se já ensaiasse o sono que os afastaria. Ele a apertará contra si num gesto quase brusco, como que para despertá-la, cravando as unhas em suas costas até que no rosto dela se possa ver, com o canto do olho, a expressão de mártir. Com rapidez, alcançará uma sacola embaixo da cama, onde guarda o chicote, as cordas, correntes e algemas. Já não percebe a progressão na intensidade dos seus gestos que, de um tempo para cá, têm feito mais altos os gritos dela e mais duradouras as feridas. Com uma longa corrente, ele a amarrará dos pulsos erguidos no alto da cabeça aos tornozelos, criando motivos geométricos cuja intersecção se dá entre os seios, sobre o ventre e no meio das coxas. Apertará os mamilos com pregadores de roupas que ela recusará num primeiro momento, mas que, logo em seguida, ela mesma irá alcançar e estender-lhe com a boca, para seu regozijo. Ainda presa, mas com os seios soltos, terá seu corpo, incapaz de movimento, virado de bruços e espancado até a exaustão dos braços dele. Ele, logo que detiver os olhos em suas costas, admirará todos os ferimentos que causou, pensando que ela, sem dúvida, fica muito mais bonita assim, com o sangue na superfície da pele agora avermelhada corando sua eterna palidez de morta. Mas à dolorosa contração dela ao seu toque de carinho, será tomado pelo desespero dos sonâmbulos que despertam depois do crime. Arrependido, ele se amaldiçoará, ensejando o movimento de recolher todos os instrumentos do sortilégio e levá-los para o lixo, na impossibilidade de arremessar lá, também, as próprias mãos. Ela o deterá, advogando que antes o sofrimento na cama do que fora dela, e ele, por fim, instaurando o momento em que o ideal de cada um, tão oposto mas tão complementar, conflui para um mesmo ponto, cuidará de suas feridas, uma a uma, com zelo de samarita. Se ela vier.

Aos Pés da Cruz

Subi tudo aquilo como um peregrino a pagar uma promessa: era uma vergonha que em todas as visitas à cidade eu nunca tivesse ido até ali, para ver sua paisagem mais famosa, que surgia, aqui e acolá, de um ângulo ou de outro, em vários cartões-postais. Os cartões-postais conseguem a proeza de mostrar o tesouro de uma região até a banalidade, até que se pense: "para lá não vou porque já vi o bastante". Apesar de tudo, eu os adoro. Guardo comigo uma coleção de lugares que nunca conheci: Rússia, França, Grécia, Egito, idílios distantes no Sudeste Asiático... E também outros que conheço à exaustão: a cidade em que moro e a cidade em que nasci.

A caminho, dentro do bonde, uma inscrição na janela alertava os visitantes: "não se debruce". O fascínio da queda. Do lado de fora, a mata ia surgindo, inexplicavelmente, naquele grande centro urbano, com seus macaquinhos a assustar os turistas, seus altos pés de jaca a contrariar, aparentemente, a *Reforma da Natureza* de Monteiro Lobato. Vez ou outra, à direita, um prenúncio do que estava por vir arrancava as pessoas de suas poltronas, encantadas. Eu mesma me levantei, ao ver aquele mar e aquelas montanhas sob o sol do verão.

Quando saltamos do bonde, ainda restavam as escadas, o caminho a ser percorrido a pé. Continuei a subir. Ventava muito, como em qualquer lugar que fosse assim tão alto. No mirante improvisado (tudo ali estava sob reforma), uma loja de *souvenir* e uma pequena lanchonete dividiam o espaço com a paisagem aterradora ao redor.

Agarrei-me a um dos pilares, com medo de que o vento me lançasse ao abismo. Fechei os olhos, tentando dominar o pavor, distanciando-me, às apalpadelas, daquela imensidão. Poderia retornar, descer as escadas e voltar comodamente à segurança de minha vida, apertando com firmeza o corrimão, examinando com cautela os degraus onde pisaria. Em vez disso, resolvi prosseguir. E subi ainda mais, até me defrontar com aquela estátua gigantesca. Mas não conseguia olhar seu rosto: isso demandaria lançar minha cabeça para trás e esquecer onde estavam meus pés.

Virei-me em direção à paisagem. Ela me chamava, apesar de muda. Então vi o mundo, interrogativo; tive a ousadia de olhá-lo de frente, com um misto de medo e deslumbramento. Do que eu tinha medo, afinal? Temia a própria liberdade, que me convocava ao salto. Temia que pudesse, num movimento de pássaro, empreender um único vôo.

Sem olhar para trás, compreendi, num relance, os braços abertos daquela estátua sobre a Guanabara.

Epílogo

O final possível não me pertence: *não transmiti a nenhuma criatura o legado de nossa miséria. Eu era uma figurinha insignificante e mexia-me com cuidado para não molestar as outras. 16.384. Íamos descansar. Um colchão de paina. Nossa mente é porosa para o esquecimento; eu mesmo estou falseando e perdendo, sob a trágica erosão dos anos, os traços de Beatriz. Para que tudo ficasse consumado, para que me sentisse menos só, faltava-me desejar que houvesse muito público no dia de minha execução e que os espectadores me recebessem com gritos de ódio. Da próxima vez saberia jogar melhor. Da próxima vez aprenderia a rir. Pablo me esperava. Mozart também. Achei que eles tinham* morrido, *mas na vida real eles simplesmente vão continuar cantando. Que estou eu a dizer? Estou dizendo amor. E à beira do amor estamos nós. E assim saímos e mais uma vez vimos as estrelas: que o gado sempre vai ao poço.*

mais nada
nunca mais

Os textos de "Epílogo" foram extraídos dos finais de *Memórias Póstumas de Brás Cubas*, de Machado de Assis; *Angústia*, de Graciliano Ramos; "O Aleph", de Jorge Luis Borges; *O Estrangeiro*, de Albert Camus; *O Lobo da Estepe*, de Hermann Hesse; *O Chão que Ela Pisa*, de Salman Rushdie; "É para lá que eu vou", de Clarice Lispector; *A Divina Comédia: O Inferno*, de Dante Alighieri; *Lavoura Arcaica*, de Raduan Nassar; e *Malone Morre*, de Samuel Beckett.

Título	O Vôo Noturno das Galinhas
Autora	Leila Guenther
Produção Editorial	Aline Sato
Capa	Tomás Bolognani Martins
Editoração Eletrônica	Amanda E. de Almeida
Revisão	Geraldo Gerson de Souza
Formato	12 x 21 cm
Tipologia	Minion
Papel de Miolo	Pólen Soft 80 g/m²
Papel de Capa	Cartão Supremo 250 g/m²
Número de Páginas	104